D1384988

First Spanish edition published in the United States in 1995 by
Ediciones Norte-Sur. an imprint of Nord-Süd Verlag AG. Gossau Zürich. Switzerland.

Distributed in the United States by North-South Books Inc.. New York.

Copyright © 1987 by Nord-Süd Verlag AG. Gossau Zürich. Switzerland
Spanish translation copyright © 1995 by North-South Books Inc.

ISBN 1-55858-390-4 (Spanish paperback)
3 5 7 9 10 8 6 4
Printed in Belgium

El osito polar

escrito e ilustrado por

Hans de Beer

traducido por Silvia Arana

Ediciones Norte-Sur

NEW YORK

Era un día muy importante para Lars. Era la primera vez que iba a cazar con su papá.

Lars era completamente blanco, como su padre. En realidad, era blanco como todo lo que lo rodeaba, porque Lars vivía en el Polo Norte donde todo es blanco y está cubierto de hielo y nieve.

El papá de Lars le enseñó cómo hacer diferentes cosas: rastrear huellas, nadar y zambullirse. Lars lo escuchaba en silencio, prestando mucha atención, mientras su papá le hablaba y le hablaba. Cuando su papá desapareció debajo del agua por mucho tiempo, Lars comenzó a preocuparse. Pero cuando su padre salió finalmente del agua vio que traía un enorme pescado para la cena.

A la hora de dormir, el papá de Lars le dijo: —Haz una pila grande de nieve para protegerte del viento, como estoy haciendo yo.

Lars estaba orgulloso de su pila de nieve y también muy cansado. Se quedó dormido casi enseguida, igual que su papá.

Durante la noche el hielo comenzó a agrietarse y la parte donde estaba acostado Lars se separó.

Cuando Lars se despertó a la mañana siguiente, estaba solito en el medio del mar. Cada vez hacía más calor y el trozo de hielo y la pila de nieve se iban achicando más y más.

Cuando ya casi todo el hielo se había derretido, Lars vio un gran barril flotando a la deriva. Por suerte, logró alcanzarlo y treparse a él.

Luego se desató una tormenta. Agarrado del barril y sacudido por el agua, Lars extrañaba cada vez más a su papá y la pila de nieve.

Después de la tormenta, Lars flotó a la deriva por mucho tiempo. Al fin vio tierra pero allí no había ni nieve ni hielo. Casi todo era verde y había un sol muy fuerte. En la orilla, Lars saltó con cuidado del barril a la playa.

La arena era amarilla y estaba tan caliente que Lars se quemó las patas. Corrió hasta un río cercano y cuando ya iba a zambullirse, un enorme animal de color tostado saltó del agua.

—¡Buuu! —gritó el animal.

Lars corrió a esconderse rápidamente.

—Fue una broma —aclaró el inmenso animal—. Soy Henry, el hipopótamo. ¿Y tú quién eres? ¿Por qué eres tan blanco?

Lars no supo cómo contestar la última pregunta.

—En el lugar de donde vengo todo es blanco —dijo.

Lars le contó a Henry de su largo viaje y le preguntó cómo podría hacer para regresar junto a su padre.

Henry lo escuchaba comprensivamente, pero parecía confundido. Movía las orejas y se retorcía hasta que finalmente dijo: —El único que puede ayudarte es Marcos, el águila que ha viajado por todo el mundo. Él sabrá de dónde vienes y cómo volver allí. Pero vamos a tener que cruzar el río, atravesar la jungla y escalar montañas para encontrarlo.

Lars se puso contento, pero al ver el río dijo: —El único problema es que yo todavía no sé nadar muy bien.

—Eso no es ningún problema —dijo Henry riéndose—. Trépate a mi lomo. Yo no me voy a hundir.

Lars estaba maravillado con lo que veía en la jungla. Henry le explicaba todo con mucha paciencia. A Lars le gustaron muchísimo los altos palos de color pardo que Henry llamaba árboles. ¡Qué divertido era treparse a ellos!

En uno de esos palos estaba sentado un extraño animal verde que repentinamente se volvió blanco, del mismo color de Lars.

—Es un camaleón —dijo Henry—. Puede cambiar de color.

Lars pensó que seguramente era muy útil poder hacer eso.

En el borde de la jungla, comenzaban las montañas. Allí no hacía tanto calor y Lars se sintió mejor. A Henry le resultaba difícil trepar pero Lars lo ayudó indicándole dónde pisar.

Al cabo de un rato Henry estaba agotado.

—Suficiente por hoy —dijo—. Mañana seguiremos. Vamos a descansar aquí y a disfrutar de este hermoso panorama.

Al mirar la tierra y el mar, Lars empezó a extrañar su casa.

—No te pongas triste —le dijo Henry—. Pronto vas a regresar a tu hogar.

    Al día siguiente treparon más alto. Henry se detenía a cada rato para descansar. Hasta que al fin exclamó: —¡Ahí viene Marcos! —, al ver un enorme pájaro que bajaba en picada cerca de Lars. Lars trató de esconderse.

    —No tengas miedo —dijo Henry—. Marcos parece gruñón, pero es muy amable.

Henry saludó a Marcos y con mucha cortesía le explicó para qué habían venido.

El águila miró a Lars y luego dijo: —Vaya, vaya, ¡un oso polar en el trópico! Jovencito, estás bastante lejos de casa ¿no? Por suerte puedo ayudarte a volver. Le pediré a Sansón que vaya a buscarte a la playa mañana por la mañana.

—Muchas gracias, señor —dijo Lars con timidez.

A la mañana siguiente, Henry y Lars se encontraron con Marcos.

—A la hora exacta —dijo Marcos orgulloso al ver llegar una inmensa orca.

Henry estaba contento por Lars, pero le daba pena verlo partir.

—Cuídate mucho —le dijo con tristeza.

—Gracias por todo, Henry —gritó Lars mientras la orca se alejaba. Marcos voló junto a ellos para guiarlos en el primer trecho de su camino.

Henry se quedó solo en la playa, mirando durante un largo rato cómo Lars y la orca se perdían de vista.

Sansón nadó un largo trayecto hasta que encontraron hielo y nieve.

—Ahora debemos estar cerca de tu casa —dijo.

En ese momento, Lars exclamó: —¡Ahí está mi papá! ¡Papá! ¡Aquí estoy!

El papá de Lars no lo podía creer. Lars venía montado en una orca.

El papá de Lars estaba cansado de tanto buscarlo. Pero a pesar del cansancio atrapó un enorme pez para regalarle a Sansón. Sansón los saludó mientras se alejaba.

—Ahora —dijo el papá de Lars—, tenemos que ir derecho a casa porque tu mamá está muy preocupada.

Lars se trepó en el lomo de su papá y así regresaron a su casa. Estaban rodeados de nieve y hielo, todo era blanco. Pero esta vez era Lars quien hablaba y hablaba mientras su padre lo escuchaba en silencio. Lars le contó sobre todas las maravillas que había visto: Henry, los altos palos de color pardo, Marcos y mucho más.

—¿No conociste a nadie que fuera blanco? —preguntó su papá sorprendido.

—Nadie, excepto un camaleón —dijo Lars—, pero él no cuenta.

Lars se tuvo que reír solo porque su papá no entendió el chiste.